LAROUSSE

La Odisea

Homero

Adaptación al portugués: Leonardo Chianca
Ilustraciones: Cecília Iwashita
Traducción al español: Beatriz Mira Andreu y Mariano Sánchez-Ventura

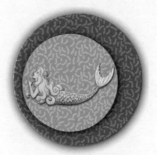

Índice

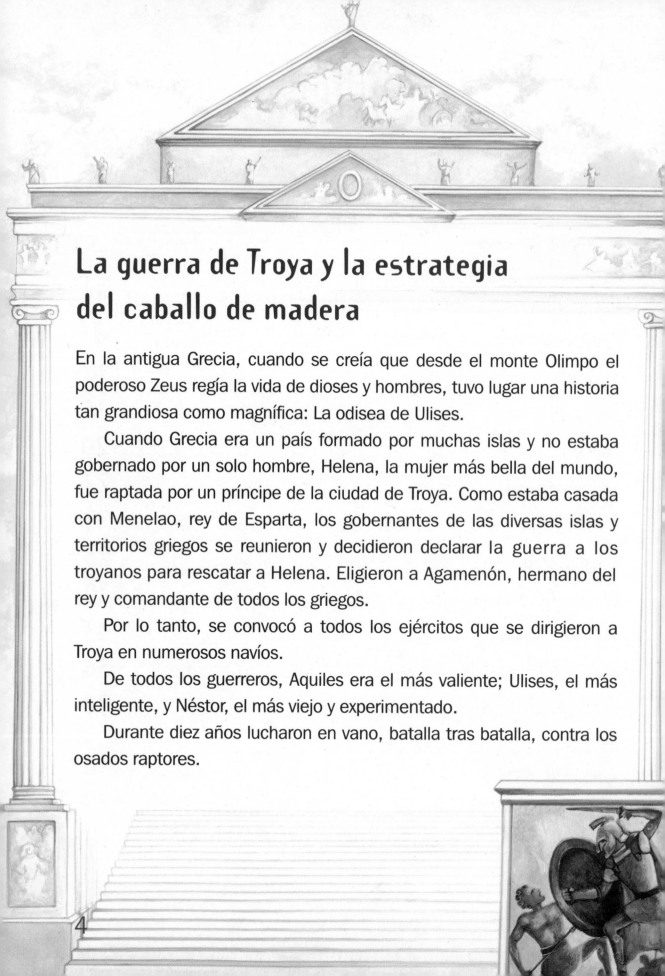

La guerra de Troya y la estrategia del caballo de madera

En la antigua Grecia, cuando se creía que desde el monte Olimpo el poderoso Zeus regía la vida de dioses y hombres, tuvo lugar una historia tan grandiosa como magnífica: La odisea de Ulises.

Cuando Grecia era un país formado por muchas islas y no estaba gobernado por un solo hombre, Helena, la mujer más bella del mundo, fue raptada por un príncipe de la ciudad de Troya. Como estaba casada con Menelao, rey de Esparta, los gobernantes de las diversas islas y territorios griegos se reunieron y decidieron declarar la guerra a los troyanos para rescatar a Helena. Eligieron a Agamenón, hermano del rey y comandante de todos los griegos.

Por lo tanto, se convocó a todos los ejércitos que se dirigieron a Troya en numerosos navíos.

De todos los guerreros, Aquiles era el más valiente; Ulises, el más inteligente, y Néstor, el más viejo y experimentado.

Durante diez años lucharon en vano, batalla tras batalla, contra los osados raptores.

Gracias a la astucia de Ulises, el formidable asedio de la ciudad de Troya terminó en victoria. Él concibió la idea del caballo de madera.

Mandó construir ese gigantesco animal para esconder en su interior un gran número de soldados. El caballo, dispuesto sobre una base con ruedas, fue transportado hasta las puertas de la ciudad amurallada de Troya, donde lo abandonaron.

Más tarde, los demás soldados griegos fueron regresando a sus embarcaciones. Simularon remar lejos de la costa, como si se retiraran cansados de tanto guerrear.

La curiosidad de los troyanos era enorme. Salieron de sus casas y, con el esfuerzo de cientos de hombres, empujaron al caballo tras las murallas de la ciudad de Troya.

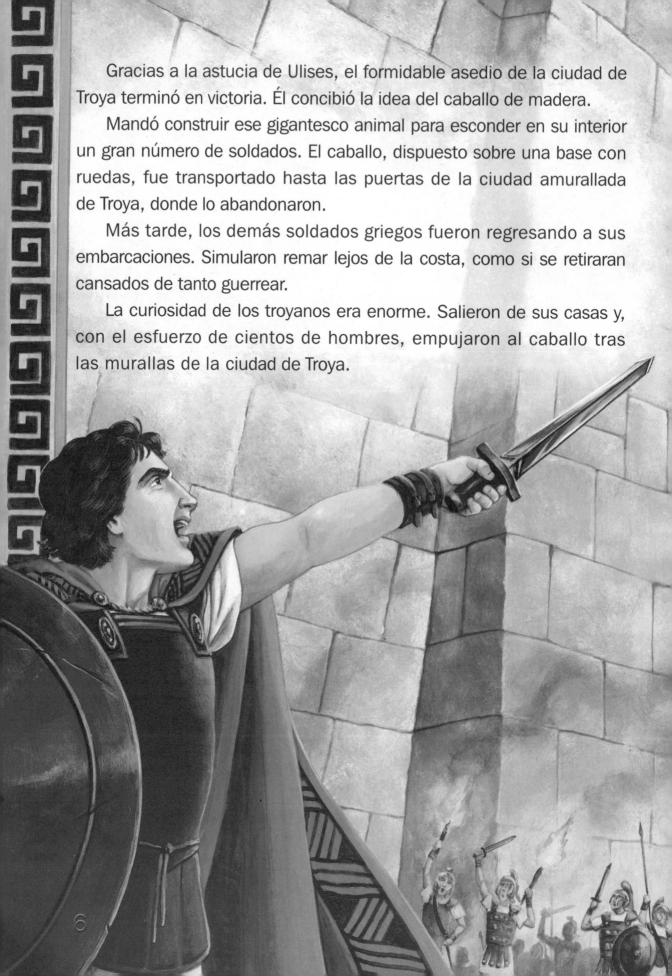

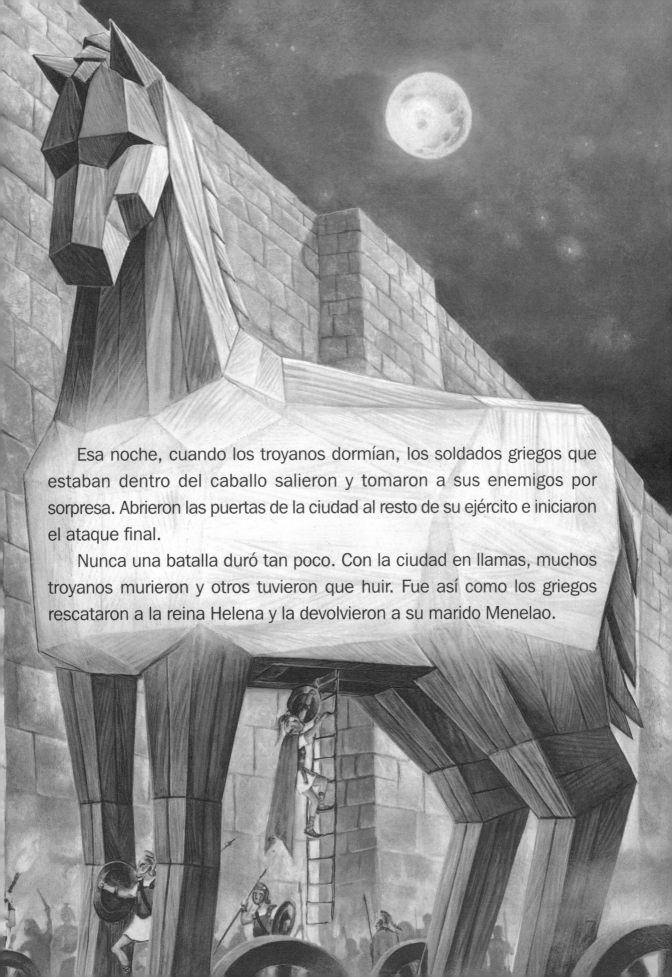

Esa noche, cuando los troyanos dormían, los soldados griegos que estaban dentro del caballo salieron y tomaron a sus enemigos por sorpresa. Abrieron las puertas de la ciudad al resto de su ejército e iniciaron el ataque final.

Nunca una batalla duró tan poco. Con la ciudad en llamas, muchos troyanos murieron y otros tuvieron que huir. Fue así como los griegos rescataron a la reina Helena y la devolvieron a su marido Menelao.

El viaje de regreso: la primera aventura

Después de la victoria en Troya, los gobernantes griegos iniciaron el regreso a su país. Aunque lamentaban la pérdida de algunos compañeros, festejaban a los supervivientes y aguardaban con ansia el reencuentro con sus respectivas familias.

Ulises no fue la excepción. Reunió a su ejército y lo distribuyó en su flota de doce navíos, en grupos de unos cincuenta hombres por embarcación. Zarparon rumbo a Ítaca, pequeña isla del mar Jónico, donde Ulises había gobernado con sabiduría durante largos años, antes de partir hacia la tan prolongada guerra de Troya. En Ítaca había dejado a su mujer, Penélope, y a su hijo, Telémaco, que era aún muy pequeño.

La guerra contra los troyanos duró diez años y Ulises no sabía que tardaría otros diez en ver a su familia. El viaje de regreso estaría repleto de peligrosas aventuras.

Cuando estuvieron en alta mar, vientos fortísimos desviaron los navíos de Ulises de su destino, llevándolos cada vez más lejos de Ítaca.

La tripulación estaba sedienta y hambrienta. Después de navegar sin rumbo durante algunos días, avistaron una pequeña ciudad, con palacios dorados, casas con lujosos jardines y templos riquísimos.

Estaban a las puertas de Ísmaro.

Los hombres de Ulises no pudieron controlar su ambición y saquearon la rica ciudad. Los cicones, habitantes de Ísmaro, eran un pueblo pacífico y, ante la violenta invasión de los incontenibles griegos, huyeron a las montañas.

—Salgamos ahora mismo, ordenó Ulises a sus hombres. Ya nos hartamos de comer y de beber; carguemos nuestros navíos con vino y muchos carneros. Partiremos ahora mismo. ¡No quiero esperar un minuto más!

Sus hombres, sin embargo, no le hicieron caso. Continuaron festejando en la playa y se embriagaron hasta caer en la arena.

Para entonces, los cicones se habían aliado con los pueblos vecinos que tenían mayores aptitudes guerreras, y de regreso a Ísmaro tomaron por sorpresa a los desprevenidos griegos.

–¡Huyan! ¡Huyan!, gritaba Ulises a sus ebrios marinos.

Muchos murieron antes de que los navíos zarparan, huyendo de la venganza de los cicones. Desconsolado, Ulises lamentaba la pérdida de tan bravos y fieles compañeros, ¡todo por haber desobedecido sus órdenes!

Ya en alta mar, los vientos soplaban con tal fuerza, que parecían castigar a los insolentes griegos, llevándoles a perder el rumbo en medio de la furia de las aguas.

Cansado y con el corazón abatido, Ulises recordaba con nostalgia a su familia, a sus viejos amigos, como Eumen, y a su fiel perro, Argos.

Navegó durante diez días sin divisar tierra, hasta llegar a una pequeña isla, donde se distinguía, al final de la playa, entre las rocas, una gruta con forma de bóveda.

El cíclope

Desconfiado y temeroso de alguna calamidad mayor, Ulises salió con apenas doce de sus hombres a inspeccionar la gran caverna.

Llevaban consigo algunos sacos de cuero de cabra llenos de vino y un poco de trigo tostado.

Sorprendidos encontraron, en la entrada de la caverna, innumerables cestos con quesos de gran tamaño. En el fondo había establos donde se amontonaban corderos y cabras.

La tripulación presionó a Ulises para que les permitiera tomar todos los quesos y cabras que pudieran cargar hasta las naves.

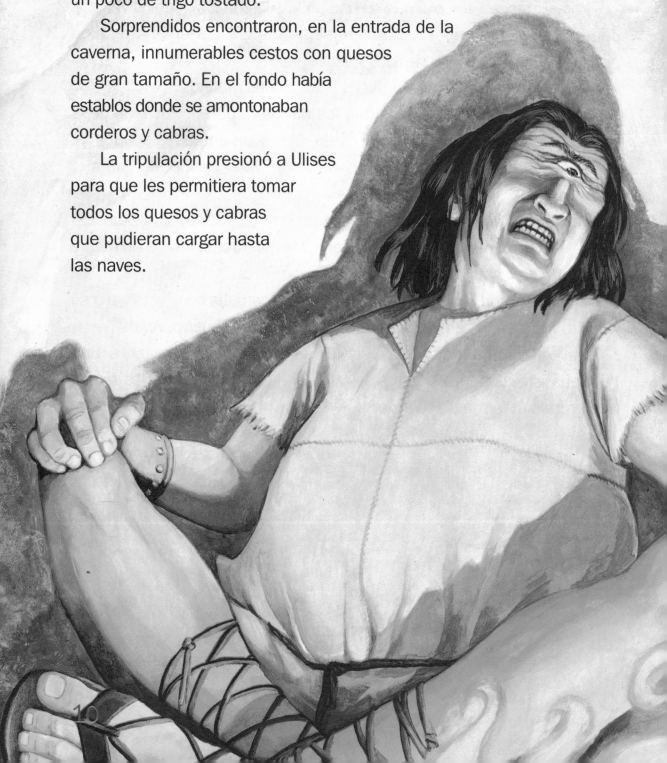

Sin embargo, Ulises tenía curiosidad por conocer al habitante de aquel lugar y prefirió esperarlo. Encendieron una fogata, asaron un cordero y esperaron la llegada del habitante desconocido, pensando que sería algún pastor.

—¿Qué sucede?, dijo Ulises alarmado al sentir que el suelo temblaba, como si un enorme animal se aproximara a grandes pasos.

—¡Cielos! ¿Qué estoy viendo?, exclamó aterrado el más valiente de los hombres de Ulises, al ver a un gigante en la entrada de la cueva.

Era Polifemo, el más terrible de todos los cíclopes, criaturas monstruosas que tenían un solo ojo en medio de la frente. Ulises y los suyos corrieron al interior de la cueva para esconderse en la oscuridad.

Polifemo selló la entrada con un peñasco tan pesado, que ni la fuerza de cien hombres hubiera podido moverlo.

El cíclope separó un grupo de cabras y las ordeñó. Luego bebió toda la leche de un trago, juntó algunos troncos de pino y encendió una fogata.

Las llamas se elevaron y su resplandor delató a los griegos, que se encontraban agazapados junto a las paredes de la cueva.

—¿Quiénes son? ¿Piratas?, gritó Polifemo con su voz de trueno.

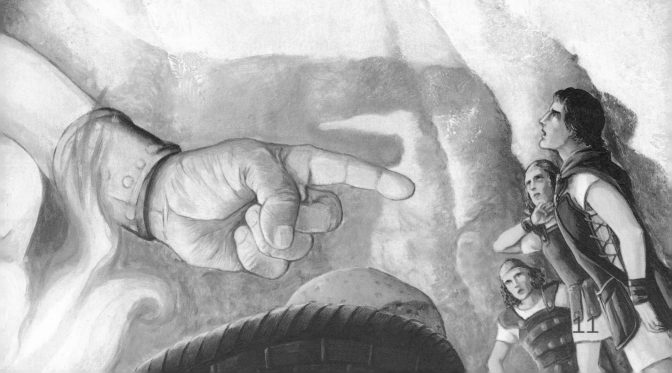

11

—No somos piratas, aclaró Ulises. Somos guerreros griegos. ¡Combatimos y vencimos tras las murallas de la gran Troya, comandados por el rey Agamenón! En nombre de los dioses, te rogamos que nos recibas con hospitalidad.

—¡No me hablen de los dioses!, respondió el cíclope con gesto despreciativo. Y, astutamente, preguntó:

—¿Hay más griegos por ahí? ¿Dónde dejaron sus naves?

Pero Ulises, con más astucia todavía, respondió con una mentira:

—Nuestra nave, arrastrada por los vientos, se estrelló contra las rocas. Somos los únicos supervivientes del naufragio.

El gigante pareció no oír las palabras de Ulises; sujetó a dos de sus marineros por la nuca y los estrelló contra el suelo. Después devoró los cuerpos destrozados como si se tratara de una bestia hambrienta.

Horrorizados, Ulises y sus diez hombres restantes vieron a Polifemo desperezarse y bostezar, estirando sus inmensos y fortísimos brazos. Luego se dejó caer, vencido por el sueño, entre los corderos y las cabras.

Ulises pensó en traspasar el corazón del monstruo con su espada, pero desistió al darse cuenta de que no conseguirían mover la pesada roca que cubría la entrada de la cueva. Siendo así, esperarían hasta el amanecer.

Al día siguiente, en un abrir y cerrar de ojos, el cíclope devoró, con apetito voraz, a otros dos hombres. A continuación, salió de la cueva, y cerró la entrada cuidadosamente para que los prisioneros no huyeran.

Ulises concibió un plan. Con la espada sacó punta a un tronco de olivo que formaba parte del establo y lo escondió bajo el estiércol que cubría el suelo. Dijo a sus compañeros que pensaba hundirlo en el ojo del gigante.

Cuando Polifemo regresó, Ulises le ofreció el vino que habían traído.

—Mmm…¡Excelente bebida! Debe ser lo que los dioses beben en el Olimpo, exclamó el gigante. Después preguntó a Ulises: Dime, ¿cómo te llamas? Me gustaría darte un regalo de agradecimiento…

—Mi nombre es Nadie, respondió Ulises. Ahora dame el regalo.

—Mi regalo es muy sencillo: ¡Me comeré a Nadie al final!, exclamó soltando una carcajada mientras rodaba por el suelo, embriagado con el vino.

Ulises comprendió que ese era el momento preciso para atacar y alertó a sus compañeros.

Pusieron la punta del tronco sobre el fuego vivo y, cuando estuvo ardiendo, la clavaron en el ojo del cíclope. Se escuchó un chirrido como el que hace una brasa al entrar en contacto con el agua.

Polifemo dio un aterrador rugido de dolor que hizo retroceder a los griegos. Otros cíclopes que vivían en la isla acudieron a la entrada de la caverna para socorrer a su amigo:

—¿Qué diablos pasa, Polifemo? ¿Quién te hirió?

—¡Nadie! ,gritó. ¡Nadie me hirió!, añadió acusando a Ulises.

13

—Si nadie te hirió, entonces fueron los dioses quienes te hicieron rugir… ¡Ahora, déjanos dormir en paz! ¡Adiós!

El cíclope Polifemo, tratando de engañar a los griegos, llegó a tientas hasta el peñasco que tapaba la entrada; lo retiró y se sentó allí esperando atrapar a los prisioneros que intentaran huir para devorarlos.

Ulises se dirigió a sus hombres susurrando:

—¡Hay que ser valientes! Ha llegado la hora de escapar de esta prisión.

Y les expuso su plan. Amarró a cada uno de ellos al vientre de un carnero. Como no podía atarse a sí mismo, Ulises se colgó del pelaje más grande.

Al salir el sol, conforme los animales salían de la caverna para pastar, Polifemo tentaba sus lomos asegurándose de que ningún griego estuviera montado sobre ellos. Cuando pasó el último, el cíclope comentó:

—Hasta ahora sales tú, el mayor de todos. ¿Por qué dejaste salir antes a los demás?, y lo dejó pasar.

Una vez que hubieron alcanzado una distancia segura, Ulises se soltó del carnero, desató a sus compañeros y todos corrieron hacia las naves, que aún estaban ancladas en la costa. Los que se habían quedado a bordo notaron la ausencia de algunos compañeros. Ulises les ordenó guardar silencio hasta que se hubieran alejado de la playa. Cuando ya estaban lejos, el valiente y astuto Ulises gritó desde la proa de su nave:

—¡Cíclope inmundo! ¡Muéstrate, imbécil!

Al oír esta provocación, Polifemo se levantó y lanzó, en dirección de la voz de Ulises, la enorme roca con que había tapado la entrada de la cueva. Faltó poco para que la roca cayera sobre la embarcación, donde se disponían a celebrar la fuga, asando los carneros que habían robado.

En ese momento Ulises gritó:

—¿Quieres saber quién perforó tu ojo monstruoso? Pues: fui yo, Ulises. ¡Ulises, el invencible rey de Ítaca!

Ulises en la isla de Circe

Mientras tanto, en Ítaca, muchos nobles codiciaban el reino de Ulises. Su hijo Telémaco, convertido ya en un joven, había salido en busca de su padre, pero no consiguió saber nada de su retorno tras la victoria de Troya.

En el palacio, muchos hombres pretendían casarse con Penélope, la fiel esposa de Ulises, pero ella los desdeñaba a todos.

—Ulises ha muerto, no hay duda…, le decían. Si no estuviera muerto, ya habría regresado, pues han pasado muchos años desde que terminó la guerra de Troya.

No obstante, la triste Penélope seguía resistiendo el acoso de sus pretendientes.

Pocos, muy pocos se mantenían fieles al victorioso Ulises. Eumeo era uno de ellos. Su viejo amigo aún creía que volvería a verlo.

Argos, su querido perro, era otro que envejecía aguardando el regreso del gran guerrero.

Mientras esto sucedía, Ulises seguía su peregrinación, buscando encontrar el camino a casa. Después de mucho tiempo de difícil navegación, pues los vientos nunca les eran favorables, Ulises y su flota llegaron a una ciudad muy extraña, gobernada por una reina de apariencia terrorífica. Al intentar huir del lugar, las naves de Ulises fueron atacadas por feroces caníbales (hombres que se alimentan de carne humana). Eran los lestrigones, criaturas gigantescas como los cíclopes.

Sólo el navío de Ulises sobrevivió para proseguir el viaje. Después de tantas adversidades, de la pérdida irreparable de su flota y de sus fieles marinos, los supervivientes llegaron a una isla desconocida. Sólo quedaban unos cincuenta hombres. Se dividieron en dos grupos, uno comandado por Ulises, y el otro por el sagaz Euríloco, a quien le tocó en suerte explorar la isla, mientras los demás aguardaban en la playa.

El grupo se adentró en el denso bosque hasta encontrar un palacio fabuloso, donde se elevaba el canto de una mujer que atrajo irresistiblemente a los marineros, excepto a Euríloco, quien permaneció a la espera. En las puertas del palacio, leones y lobos recibieron a los hombres, pero no los atacaron. Al contrario, los condujeron al interior.

La voz que escuchaban era de Circe; no sabían si era una diosa o una hechicera.

Ella ordenó que les sirvieran un vino especial, mezclado con harina de cebada y dorada miel.

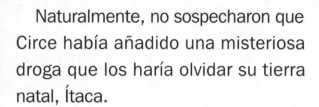

Naturalmente, no sospecharon que Circe había añadido una misteriosa droga que los haría olvidar su tierra natal, Ítaca.

Mientras bebían, Euríloco observaba a sus compañeros a través de la rendija de una ventana. Asombrado vio como éstos se convertían en cerdos. Lo que no sabía era que, a pesar de que gruñeran y husmearan como cerdos, sus compañeros todavía conservaban el corazón humano, lo que les hacía sufrir mucho, pues eran hombres encarcelados en cuerpos de animales.

Euríloco regresó a la playa y le contó a Ulises lo sucedido. El héroe se puso en marcha, solo y sin tardanza, rumbo al palacio para salvar a sus compañeros. Por el camino encontró a Hermes, el mensajero de los dioses, quien le dio una hierba como antídoto contra la magia de Circe.

Circe recibió a Ulises en su palacio. Cuando la hechicera le sirvió la bebida, Ulises dejó caer en la copa la hierba que le había dado Hermes, sin que ella se diera cuenta. Enfurecida al ver que no conseguía convertir a aquel hombre en animal, Circe clamó:

—Sólo un hombre en el mundo puede escapar a los efectos de mi poción mágica. ¡Tú debes ser Ulises, el más grande de todos los mortales! Seamos amigos. Ven a vivir conmigo…, le propuso.

—Aunque la invitación no deja de ser honrosa y atrayente, sólo la aceptaré si prometes liberar a mis compañeros, devolviéndoles la forma humana.

Circe cumplió su promesa y pidió a Ulises que fuera a buscar al resto de la tripulación, para que todos disfrutaran de una vida digna de dioses en su palacio.

Y eso fue lo que hizo Ulises. Le costó trabajo convencer a sus desconfiados hombres, pues éstos temían que Circe estuviera preparando algún hechizo de terribles consecuencias.

Ulises tuvo que echar mano de todos los argumentos que le vinieron a la mente, incluso recurrió a las amenazas, hasta que finalmente aceptaron quedarse.

Pasaron los meses. A diario disfrutaban de fastuosos banquetes y sabrosos vinos. Tras un año de esa vida de lujo y placer, los marineros suplicaron a Ulises:

—Señor, ya es hora de que regresemos a nuestras casas con nuestras mujeres e hijos. ¡Ítaca nos espera!

Esas palabras calaron hondo en el corazón de Ulises, quien compartía el mismo sentimiento y recordaba con nostalgia a su mujer, Penélope, y a su hijo, Telémaco. El héroe comunicó a Circe su decisión. La hechicera, sabiendo lo que el destino deparaba a su amado, le dio algunos consejos:

—Ten cuidado con las trampas que los dioses han puesto en tu camino a Ítaca. Debes ser valiente… Cuando desembarques en tu reino deberás ocultarte sin revelar tu presencia antes de evaluar bien la situación y conocer a tus enemigos.

Dicho esto, Circe lo dejó partir.

La isla de las Sirenas

La primera tierra que divisaron fue la isla de las Sirenas. Las sirenas son mujeres del mar con cuerpo de pez de la cintura para abajo. Su canto atrae a los marineros que lo escuchan. Entonces las sirenas los despedazan y los devoran. Viven recostadas alrededor de la isla, rodeadas de huesos de marineros muertos.

La amorosa Circe le había advertido a Ulises:

—Cuando llegues a la isla de las Sirenas y adviertas que se disponen a iniciar su canto, tapa con cera los oídos de tus compañeros. En cuanto a ti, Ulises, para evitar rendirte al maravilloso canto, ordena a tus hombres que te amarren las manos y los pies al mástil de tu nave, rogándoles que no te desaten por más que lo pidas, por el contrario, diles que aprieten con más firmeza las cuerdas.

Así pues, Ulises tapó los oídos de sus hombres con cera de abeja que había recogido en la isla de Circe. Enseguida, los marineros lo amarraron firmemente al mástil con cuerdas resistentes. Ulises hubiera podido tapar sus oídos con cera, pero no pudo resistir a la curiosidad de conocer el canto de las sirenas.

20

Tan pronto descubrieron la nave de los griegos, las sirenas iniciaron su canto, intentando así atraerlos para después devorarlos:

—Ven, Ulises, honra y orgullo de la noble Grecia. Ven a escuchar nuestra voz… Quien pasa por aquí no puede resistir nuestras melodías. Ven, Ulises, ven…

Ulises gritaba a sus hombres, ordenándoles que navegaran en dirección a donde se encontraban las sirenas y lo desataran. Sin embargo, sus compañeros se negaron y siguieron remando en dirección contraria a la isla de las crueles sirenas.

Cuando estuvieron lo suficientemente alejados y seguros, los marineros se quitaron la cera de los oídos y desataron a Ulises. Él lo agradeció inmensamente.

La furia de Zeus

Ulises prosiguió valerosamente su viaje, intentando llegar a Ítaca. No olvidaba los consejos amistosos que Circe le había dado antes de partir; así se libró de innumerables obstáculos.

Uno de ellos era el remolino Caribdis, que engullía todas las naves que trataban de atravesarlo. Pero si se desviaban de Caribdis, las embarcaciones corrían el riesgo de ser atrapadas por el monstruo Escila, que vivía en una caverna a la orilla del mar.

Astutamente, Ulises escapó de Caribdis, aunque perdió a media docena de sus marineros, todos ellos apresados por Escila, que los buscó dentro del mismo navío.

Exhaustos, tras haber vivido tantos peligros, y sin haber probado bocado durante varios días, avistaron una isla repleta de rebaños. Todos querían parar allí para saciar el hambre que los martirizaba. Ulises les recordó el consejo de Circe con respecto a no dañar los rebaños de Helio, el dios Sol, que todo lo ve y todo lo oye. De lo contrario, tendrían que enfrentar su fatal ira: el navío se hundiría en las aguas del sombrío mar y la tripulación sería arrastrada por las olas.

De nada sirvieron las advertencias de Ulises, pues sus hombres bajaron a tierra y trataron de cazar a los animales salvajes, pero eran pocos y bravos. Como ya no soportaban el hambre, Euríloco propuso:

—Tomemos algunas vacas del rebaño sagrado. ¡Cuando estemos de regreso en Ítaca, construiremos un rico templo en honor del dios Helio, quien perdonará así nuestra ofensa!

Las palabras de Euríloco tranquilizaron a sus compañeros, quienes sin consultar a Ulises se dirigieron a las colinas y capturaron las mejores vacas del rebaño sagrado. Rezaron, asaron a los animales y los comieron.

Cuando Ulises percibió el aroma de la carne asada, se dio cuenta del desastre y pensó: "¡Caerá sobre nosotros una venganza terrible!".

Reunió a sus hombres, intentando huir lo más rápidamente posible de la venganza de Helio. El dios, al ver que nada podía hacer contra los griegos, subió al Olimpo a quejarse con Zeus, el padre de todos los dioses y de los hombres.

Zeus se encargó de castigar a Ulises: Hizo aparecer un negro nubarrón sobre la nave de los griegos. Un viento feroz azotó la embarcación, rompiendo el mástil que, al caer, alcanzó la cabeza del timonel, y lo arrojó al agua.

En ese instante, Zeus lanzó un rayo que estremeció el barco y lo partió en dos. Todos fueron arrastrados violentamente por las aguas y, aunque lucharon con todas sus fuerzas por mantenerse a flote, desaparecieron entre las olas.

Sólo Ulises escapó de la muerte. Abrazado a un pedazo del mástil, pasó diez días y diez noches flotando sin rumbo, muerto de hambre y de sed, hasta que los dioses lo llevaron a una isla desconocida.

En aquella isla, Ulises fue acogido por la ninfa Calipso y con ella vivió muchos años, deleitándose con los mayores placeres que un mortal podía disfrutar.

Calipso, Nausícaa y los feacios

Perdida en el océano, la isla de Calipso se encontraba muy lejos de Ítaca. Ninguna embarcación pasaba cerca de sus costas. Siendo así, Ulises nada podía hacer, sólo esperar.

La diosa Palas Atenea, fiel protectora de Ulises, intercedió por él ante Zeus, padre de los dioses. Le rogó que llevase al héroe de una vez por todas a Ítaca y que protegiese a su hijo, Telémaco, en la búsqueda que había emprendido para encontrar a su padre.

Zeus encargó a Hermes, mensajero de los dioses, comunicar su determinación a Calipso. La ninfa intentó persuadir a Ulises de que se quedara, prometiéndole la inmortalidad, pero el invencible griego sabía lo que quería.

—Adorable Calipso… bien sé que Penélope no puede compararse a una diosa como tú, pero ansío, con todas las fuerzas que aún me quedan, ¡regresar a Ítaca para encontrarme con mi esposa, mi hijo y mi pueblo!

Resignada, Calipso permitió que Ulises construyera una balsa, sobre la cual navegó durante varios días hasta llegar a la isla de Esqueria, la tierra de los feacios. Gobernada por el rey Alcinoo, esta isla quedaba muy cerca de su querida Ítaca.

Ulises estaba exhausto y una vez más recibió la ayuda de Palas Atenea quien hizo que la bella Nausícaa, hija del rey, fuera a la playa a encontrarse con el guerrero, que le pidió ayuda. Nausícaa le proporcionó ropa y comida, y Ulises se mostró agradecido.

Entonces la princesa convenció al rey y a la reina para que lo recibieran en palacio.

Ulises no quiso identificarse ante los soberanos de Esqueria.

Les contó una historia de naufragio y ellos decidieron ayudarlo a proseguir su viaje. Como Ulises se comportaba de manera noble, los padres de Nausícaa decidieron tratarlo como un rey, aun sin saber que realmente lo era.

Pusieron a su disposición una nave con cincuenta remeros, al mando de un experimentado capitán, para llevarlo de nuevo a su patria. Después le ofrecieron un banquete inolvidable. Al final, los doce principales jefes feacios le ofrecieron valiosos regalos y el mismo rey le entregó una copa de oro preciosa.

Al despedirse de Nausícaa, Ulises se mostró muy agradecido. Ella le respondió:

—Que los dioses te protejan en tu viaje de regreso. ¡Sólo espero que nunca te olvides de aquella que te salvó y que bien te quiere!

El último homenaje que se le rindió a Ulises antes de su partida fue un canto:

—¿Qué desea oír, noble caballero?

—Desearía escuchar la canción que narra los últimos momentos de la guerra de Troya, y la estrategia que dio a los griegos la victoria.

El músico real tomó la cítara y cantó la historia del famoso caballo de madera, el más engañoso truco del astuto Ulises.

Terminada la representación, Ulises lloró. Sus lágrimas hicieron que el rey Alcínoo le pidiese una explicación ante su evidente tristeza.

—Mi noble huésped, ¿por qué le conmueve tanto el relato de la caída de Troya?

Ulises no podía rechazar la petición de un rey tan generoso, por ello reveló su identidad y contó sus aventuras.

Narró la historia de los cicones en Ísmaro, de donde él y sus compañeros huyeron precipitadamente; de la aventura con Polifemo, el cíclope, y de cómo perforó su ojo; del ataque de los lestrigones, al cual su nave sobrevivió milagrosamente; de los placeres en la isla de Circe y de sus provechosos consejos; del canto mortal de las sirenas; del remolino Caribdis y del monstruo Escila; de la afrenta al dios Helio y de la terrible venganza de Zeus, que provocó la pérdida de todos sus hombres. Por último, contó la historia de la ninfa Calipso, y el encuentro con Nausícaa.

Los feacios escucharon encantados y le dijeron que harían votos para que finalmente consiguiera regresar a su querida Ítaca, hacia donde partiría al día siguiente.

Telémaco busca a su padre

Palas Atenea había pedido a Zeus que permitiera a Ulises regresar a Ítaca y protegiera a su hijo, Telémaco, durante la búsqueda de su padre.

Quiso presentarse ella misma ante Telémaco para animarlo a salir en busca de Ulises. Telémaco, quien hasta entonces se había limitado a observar cómo los pretendientes de su madre dilapidaban la riqueza del palacio, decidió protestar contra quienes ambicionaban ocupar el lugar de su padre. Nadie sabía si Ulises había muerto o no, aunque eso era muy posible, teniendo en cuenta que habían pasado veinte años desde su partida a la guerra de Troya.

Al principio, Telémaco intentó alejar del palacio a los pretendientes de su madre, pero éstos se unieron, se resistieron, e incluso lo amenazaron.

Entonces decidió pedir un navío y partir en busca de noticias de su padre. Si éste había muerto, su madre tendría que escoger un nuevo marido, el cual se convertirá en el nuevo rey de Ítaca; pero si aún estaba vivo, pretendía ayudarlo a regresar a casa y a reasumir su puesto.

Telémaco convocó a una asamblea para consultar al pueblo sus planes.

Los pobladores de Ítaca se sorprendieron ante la determinación del hijo de Ulises, quien se comportaba igual que su padre.

En medio de la reunión ocurrió algo extraño: dos águilas que volaban muy alto, empezaron a pelear, arrancándose recíprocamente muchas plumas antes de alejarse. Un hombre sabio, que conocía el significado de este misterioso augurio, dio la voz de alerta:

—¡Cuidado, pretendientes de Penélope! Una gran perturbación los alcanzará a todos... ¡Está escrito que Ulises regresará en el vigésimo año de su partida!

Este pronunciamiento provocó un intenso rumor entre los presentes.

El pueblo de Ítaca rechazó las pretensiones de Telémaco. Éste fue a lamentarse a la orilla del mar, donde se encontró nuevamente con Palas Atenea. La diosa protectora de Ulises le consiguió una nave con marineros y, de esta manera, Telémaco partió en busca de noticias de su querido y casi desconocido padre.

Telémaco procuró informarse sobre el destino de su padre hablando con guerreros que habían luchado a su lado. Quien más información pudo darle fue Menelao, marido de Helena, cuyo rapto había originado la guerra de Troya.

Menelao le contó que, durante un viaje a Egipto, había tenido noticias de Ulises, según las cuales, el pobre héroe vivía preso en la isla de Calipso.

Helena le contó que, en una ocasión Ulises, disfrazado de mendigo, entró en Troya para llevarle noticias sobre la guerra y darle ánimo para resistir y esperar que los griegos la rescataran.

El viaje permitió a Telémaco saber más sobre su padre y, sobre todo, reavivar la esperanza de que aún estuviera vivo.

Cuando volvió a Ítaca, tenía la certeza de que su padre regresaría.

Por fin, de vuelta en Ítaca

Por determinación de Alcinoo, rey de los feacios, Ulises fue llevado de regreso a Ítaca. Como estaba muy cansado y dormía cuando llegó a su patria, los marineros cargaron al héroe en una manta y lo depositaron bajo la sombra de un olivo, junto con su equipaje, incluyendo los ricos presentes que había recibido. Los feacios partieron dejando solo a Ulises.

Cuando Ulises despertó, no sabía dónde estaba, porque Palas Atenea había levantado una neblina para que no fuera reconocido.

—¡Ay de mí!, se lamentó. ¿Dónde estoy? ¿Dónde esconderé las riquezas que traigo?

Creyó que los feacios lo habían engañado, abandonándolo en una tierra extraña, hasta que Palas Atenea apareció a su lado:

—¿No reconoces este lugar, Ulises? Estás en Ítaca, tierra de fértiles campos, de verdes pastizales para ovejas, y de excelentes viñedos…

—¡Ítaca! ¡No puedo creerlo, he regresado a mi querida Ítaca!, exclamó arrodillándose y besando la tierra.

—Tú eres el más valiente de los mortales, lo elogió Palas Atenea. Debes saber, Ulises, que yo soy la diosa de la sabiduría y siempre he estado a tu lado…

Ulises se sintió orgulloso; tenía los ojos llenos de lágrimas. Palas Atenea prosiguió:

—¡Felicidades, bravo guerrero! ¡Pero tu lucha aún no ha terminado!

Ulises se incorporó inmediatamente y, con la ayuda de Palas Atenea, escondió sus riquezas en una gruta de difícil acceso.

—Escucha bien lo que tengo que decirte, querido Ulises, advirtió la diosa. Nadie debe saber de tu presencia en la isla. ¡Toda precaución es poca!

Palas Atenea le contó que había muchos nobles de Ítaca y de otras islas que pretendían casarse con su esposa, Penélope.

—¡No le temo a nadie! Recuperaré a mi esposa y mi palacio. Pero, ¿dónde está mi hijo?

—Telémaco partió en tu búsqueda, mas ya está de regreso. Él se ha fortalecido, tiene muchos deseos de verte y espera que retomes el poder en Ítaca.

—¡Con tu ayuda, oh diosa protectora, lucharé hasta recobrar a mi esposa y mis tierras!

Acto seguido, Palas Atenea transformó a Ulises en un mendigo, disfrazándolo hasta el punto de que ningún mortal pudiera reconocerlo. Le dijo que buscara a Eumeo, el porquerizo, quien nunca había dejado de pensar en su rey.

—Puedes confiar en él, Ulises…, terminó diciendo, antes de desaparecer.

Eumeo, el fiel amigo

Ulises parecía realmente un mendigo, vestido con harapos, calzando unas rasgadas sandalias de cuero y cargando un viejo saco sobre la espalda. Caminaba apoyándose en un palo, que hacía las veces de bastón.

Recorrió una senda sinuosa y difícil en medio de un bosque, hasta llegar a la rústica choza donde vivía Eumeo.

El viejo cuidaba de los innumerables cerdos que le había dejado Ulises antes de partir. Ulises lo encontró frente a su choza, haciéndose unas sandalias de cuero. Los perros de Eumeo se lanzaron sobre el visitante desconocido y casi lo destrozaron.

—¡Apártense, apártense!, gritó Eumeo a sus canes. ¿No ven que es un pobre mendigo, exhausto de tanto caminar?

Eumeo invitó a Ulises a entrar en su casa.

Le sirvió algo de comer y de beber, y le dio las sandalias que había hecho para sí mismo.

Emocionado por la buena acogida del fiel amigo, Ulises necesitó contenerse para no revelar su identidad.

—Cuénteme su vida, forastero. ¡La mía es tan solitaria desde que mi señor partió a la guerra de Troya…!, no dejo de pensar en él ni un solo día, pero temo que ya esté muerto y enterrado.

—No, amigo Eumeo, respondió Ulises, olvidándose de que su viejo amigo todavía no se había presentado a sí mismo. Y prosiguió:

—¡Ulises está vivo! ¡Yo soy un pobre soldado que combatió a su lado en el sitio de Troya!

—¿Mi señor está vivo?, preguntó incrédulo Eumeo.

—¡Le aseguro que no tarda en llegar el día de su regreso a Ítaca y vengará los ultrajes a su familia y a su palacio!

Eumeo narró las desgracias que habían caído sobre Ítaca en los últimos veinte años. Y habló de Penélope:

—¡Nuestra reina es una mujer extraordinaria! Inventó una artimaña admirable para librarse de sus pretendientes. Hace cerca de tres años, cuando ya no encontraba más pretextos para aplazar la elección de un marido, Penélope dijo a sus pretendientes: "He decidido aceptar a uno de ustedes como marido, pero solamente escogeré al hombre que se casará conmigo cuando haya terminado de tejer una magnífica mortaja para mi suegro, el padre de Ulises. Como todos saben, él está ya muy viejo y al morir deberá recibir todos los honores."

Ulises escuchaba preocupado la historia que contaba Eumeo.

Ansioso por saber lo que había hecho su Penélope, insistió:

—Vamos, siga contando… siga contando, ¿tuvo que escoger a alguien?

—Calma, amigo mendigo. Nuestra reina es más lista de lo que nadie pensara. Los pretendientes se alegraron con la respuesta de la reina y aguardaron ansiosos a que terminara la tarea. "No tomará mucho tiempo para que ella acabe de tejer", pensaban.

—¿Y entonces qué pasó? ¿Qué pasó?, suplicó Ulises.

—Penélope se pasaba las horas trabajando con dedicación, mas durante la noche deshacía todo lo que había hecho durante el día.

Ulises se sintió muy orgulloso de su fiel esposa.

Siguió escuchando a Eumeo contar que cierto día una sirvienta del palacio había descubierto la treta de Penélope.

—Desde entonces, continuó Eumeo, la vida de la reina se convirtió en un infierno… Día tras día, ella y su pobre hijo sufren las presiones de los pretendientes.

Ulises se quedó dormido oyendo al viejo amigo contar los sucesos que habían acontecido en Ítaca durante sus años de ausencia, dejando sin protección a su palacio, a su esposa y a su hijo Telémaco.

El encuentro del padre y el hijo

Palas Atenea había prometido a Ulises que cuidaría de su hijo pero, además, la diosa de la sabiduría hizo que Telémaco visitara la choza de Eumeo para encontrarse con su padre.

El joven llegó por la mañana, cuando Eumeo y el falso mendigo tomaban el desayuno.

—Debió llegar un amigo, pues tus perros lo han recibido en silencio…

Al ver al hijo de su amo, Eumeo dejó caer la taza con leche y corrió a abrazarlo y besarlo. Lo trataba como si fuera su hijo.

Sin ser reconocido, Ulises ofreció su asiento a Telémaco. El joven se lo agradeció:

—Gracias, forastero, quédese donde está, pues no me falta lugar en esta casa.

Eumeo preparó para el hijo de Ulises un asiento hecho de ramas verdes cubiertas con una piel de oveja. Telémaco se unió a los dos en la mesa. Eumeo le contó sobre el pobre mendigo, pidiéndole que le diera protección en su palacio. El joven se disculpó, argumentando que los pretendientes de su madre lo aniquilarían:

—Soy débil, no soy capaz de enfrentarlos, se justificó Telémaco, cabizbajo.

Ulises lo provocó:

—¿Por qué permites que te humillen de esa manera? ¿Acaso el pueblo te odia?

—No, el pueblo no me odia, mas me enteré que los pretendientes de mi madre quieren matarme. Ni siquiera puedo regresar a casa…

Telémaco tomó el brazo de Eumeo y le pidió:

—Sabes que eres como un padre para mí… hazme un favor: busca a mi madre cuanto antes y dile que me encuentro aquí y con buena salud. Pero sé precavido, pues las paredes tienen oídos. ¡Me quedaré aquí, esperando tu regreso!

Cuando el porquerizo salió, Ulises sintió que había llegado el momento de revelar su identidad. Rogó a Palas Atenea que lo ayudara y con un toque mágico, la diosa lo transformó nuevamente en el fuerte Ulises, ahora vestido con una túnica y un manto. Telémaco, asustado, exclamó:

—¡Oh, extranjero! ¿Es un dios?

—No, no soy ningún dios y no tengo nada de inmortal. ¡Reconóceme, hijo, soy tu padre, el padre que buscabas! Cuando partí a la guerra, tú aún eras muy pequeño…, dijo llorando antes de abrazarlo. Fue la poderosa Palas Atenea quien me transformó en mendigo.

Y volvieron a abrazarse, mirándose el uno al otro.

Ulises propuso a Telémaco un plan perfecto, aunque complicado, ya que los pretendientes eran muchos y estaban bien armados.

—Mañana de madrugada irás a palacio, le instruyó Ulises, pero no revelarás mi presencia. No digas nada a tu madre. Yo iré más tarde, nuevamente disfrazado de mendigo.

Ulises pidió a Telémaco que sacara todas las armas del salón del palacio, excepto dos espadas y dos lanzas, además de dos escudos de cuero de buey.

—Pero padre mío, ¡deben ser más de cien nuestros enemigos!

—¡Qué vengan trescientos a luchar conmigo! ¡Ahora somos dos, los venceremos!, clamó Ulises.

Antes de que Eumeo regresara, Palas Atenea transformó nuevamente a Ulises en mendigo. El viejo no sospechó nada.

Ahora, padre e hijo eran cómplices justicieros.

Argos, el perro fiel

Al amanecer, Telémaco tomó su lanza y se despidió de Eumeo y del falso mendigo. Tenía muchos deseos de abrazar a su madre y de contarle el encuentro con su padre, pero debía contenerse.

Cuando llegó al palacio, Penélope, que mucho lo había extrañado, lo abrazó emocionada:

—¡Hijo mío, qué alegría saber que estás vivo! A cada instante me preocupaba más por ti. Dime, ¿tienes noticias de tu padre? ¿Sabes algo de su regreso?

—No sé nada, madre mía, respondió Telémaco, con remordimiento, pues debía ocultar la verdad. Menelao me dijo que desde su regreso de Troya, la única noticia que tuvo de mi padre se la dio un marinero, quien dijo haberlo visto en una isla muy lejana, pero eso sucedió hace más de un año, siguió diciendo disimuladamente.

A pesar de que ya estaba acostumbrada a recibir noticias imprecisas acerca del destino de su marido, Penélope siempre las recibía con tristeza.

Mientras tanto, Eumeo y el mendigo llegaron a las puertas del palacio.

Ulises pidió al viejo porquerizo que entrara y avisara a Telémaco de su llegada.

Solo ante su palacio, Ulises miró a su alrededor y vio a un perro dormido sobre uno de los escalones de la entrada. El can levantó la cabeza, alzando las orejas. Ciego y sarnoso, estaba ya muy viejo.

—¡Argos!, Ulises reconoció a su antiguo perro de caza.

Argos se irguió con mucho esfuerzo y quiso correr hacia su amo, pero perdió la fuerza y cayó inconsciente. Argos había reconocido a Ulises. Esperó a su dueño durante veinte años, para luego morir.

Ulises no pudo contenerse y lloró. Tomó al animal y lo apretó contra su pecho. La tristeza desgarraba su corazón, pero, teniendo en cuenta la clase de guerrero que era, se repuso inmediatamente, levantándose y entrando en el palacio para enfrentar su destino.

Ulises se encuentra con Penélope y sus pretendientes

Una fuerte emoción oprimió el pecho de Ulises al entrar en su palacio. Ya no podía esperar la hora en que volvería a ocupar de nuevo su lugar, tomar a Penélope entre sus brazos, convivir con su hijo, Telémaco, y volver a gobernar el pueblo de Ítaca.

Se dirigió directamente al salón de banquetes. Allí estaban Telémaco y los pretendientes de Penélope. Palas Atenea lo incitó a mendigar entre los asistentes quienes se sentían dueños del palacio y ridiculizaban al pobre mendigo, insultándolo sin piedad.

Incluso otro mendigo, que acostumbraba frecuentar el lugar, fue ofensivo con Ulises, por supuesto sin saber quién era. Azuzados por los presentes, los dos limosneros pelearon entre sí, pero Ulises humilló a su adversario con gran facilidad.

A Penélope, que había presenciado todo, no le gustó nada lo que vio. Compadecida del falso mendigo, lo mandó llamar. El astuto Ulises no quiso acudir para evitar ser reconocido:

—Díganle a la reina que agradezco su bondad, pero temo incitar más la ira de los pretendientes, que podrían vengarse agrediendo a Telémaco, dijo Ulises. Además, tengo noticias de su marido… ¡prometo regresar esta noche para contarle lo que sé!

Para calmar los ánimos, Penélope se levantó y declaró:

—Se acerca el día en que por desgracia tendré que casarme con uno de los presentes. Pero, para humillarme aún más, en vez de cortejarme con ricos obsequios, como manda la costumbre aquí en Ítaca, están acabando con todos mis bienes. ¿Acaso buscan hundirme en la miseria?

Antínoo, el más cruel de los pretendientes, respondió:

—La reina habla con justicia. Como prueba de nuestro amor, ¡vamos todos a llenar este salón con valiosos regalos!

Los demás aprobaron la propuesta.

A Ulises le agradó la astucia de Penélope. Así lograría que los pretendientes le devolvieran, en forma de regalos, un poco de lo que ya le habían robado.

—Cuando lleguen los presentes, le advirtió Antínoo a Penélope con tono amenazador, ¡la reina tendrá que escoger un marido entre nosotros!

Dicho esto, todos salieron y el salón quedó vacío. Penélope se retiró a sus aposentos y Eumeo regresó a su choza a cuidar de sus cerdos.

—Ha llegado el momento, hijo mío, dijo Ulises a Telémaco, es hora de poner en marcha nuestro plan. Saca todas las armas del salón y escóndelas.

Apenas había salido Telémaco, cuando su madre regresó al salón. Se encontró frente a frente con Ulises, quien todavía seguía disfrazado de mendigo. Ambos se sentaron a conversar, ella en una silla de marfil con adornos de plata y él en un pequeño banco de madera.

La reina quiso saber quién era y de dónde procedía, pero el falso extranjero y mendigo se excusó de responder, alegando que se emocionaría demasiado con el relato de su vida y de sus recuerdos.

—Soy yo quien no soporta ya mis propias lágrimas, se lamentó Penélope. Perdí la paz desde que mi marido partió a la guerra de Troya.

Los dos conversaron durante largo tiempo, sin que Penélope lo reconociera. El mendigo le contó que había conocido a Ulises en una isla, y le aseguró que muy pronto estaría de regreso.

—Mañana me veré obligada a elegir un marido, amigo extranjero, dijo ella tristemente. Y le contó su plan: Mandaré traer el arco de Ulises al salón. Aquel que consiga armar el arco y dar con la flecha en el blanco será el elegido.

Y con lágrimas en los ojos se retiró a sus aposentos.

La última batalla de Ulises

A la mañana siguiente, Penélope bajó al salón y lo encontró lleno de regalos: túnicas bordadas con oro, pendientes de exquisitas perlas, valiosas joyas…

Mientras admiraba cada obsequio, los pretendientes fueron llegando uno tras otro. Entonces Penélope lanzó el desafío del arco:

—Aquel que logre armar el arco del noble Ulises y consiga dar en el blanco que mi hijo determine, será mi marido.

Los candidatos fueron presentándose uno tras otro, pero todos fracasaron.

Mientras se desarrollaba la prueba, el disfrazado Ulises se acercó a Eumeo y Filetio, otro antiguo sirviente. Como confiaba en ambos, los llamó y les hizo un planteamiento:

—Denme un momento de su atención, amigos. Supongamos que Ulises regresara de repente, gracias a la intervención de alguna diosa.

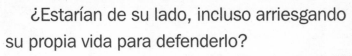

¿Estarían de su lado, incluso arriesgando su propia vida para defenderlo?

—¡¡Claro!!, exclamaron ambos, jurando lealtad a Ulises.

Entonces Ulises se identificó. Les mostró una vieja cicatriz para probarles que era el mismo rey de Ítaca. Los tres se abrazaron y se besaron repetidas veces.

Después, Ulises se volvió a los pretendientes, retándolos:

—Permítanme probar con el arco. ¡A ver si conservo la misma fuerza que tenía de joven!

Todos se escandalizaron con el atrevimiento del andrajoso mendigo.

Penélope salió en su defensa, pidiendo a los presentes que le dieran una oportunidad. Telémaco se adelantó, tomó el arco en sus manos y le pidió a su madre que se retirara. Luego le dio el arco a Eumeo, que finalmente se lo entregó a Ulises.

Mientras, Filetio cerraba todas las puertas del salón, Ulises armó el arco con una flecha y disparó. ¡Acertó en el centro del blanco!

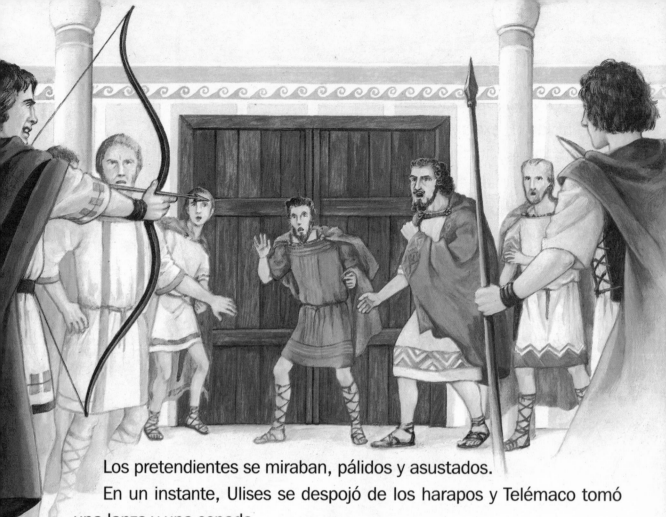

Los pretendientes se miraban, pálidos y asustados.

En un instante, Ulises se despojó de los harapos y Telémaco tomó una lanza y una espada.

—Ahora voy a apuntar a otro blanco, dijo Ulises.

La veloz flecha atravesó el cuello de Antínoo, quien cayó fulminado.

Los demás pretendientes, aterrorizados, amenazaron con atacar al falso mendigo.

—¡Son todos unos cerdos inmundos! ¿Todavía no se han dado cuenta de que soy Ulises, el justiciero? ¿Pensaban que quedarían impunes después de dilapidar mis bienes y de codiciar a mi esposa?

En ese instante se desató una lucha sangrienta, como jamás se había dado en Ítaca. Telémaco, Eumeo y Filetio entraron en acción y los intrusos fueron cayendo uno tras otro.

Las flechas y las lanzas volaban certeras, clavándose en blancos humanos. Sólo dos de los numerosos pretendientes escaparon con vida: uno por ser el cantor que animaba los banquetes, y el otro por haber sido amigo de la infancia de Telémaco.

Ulises ordenó que se limpiara la sangre derramada en el salón y que le diesen ropas nuevas y perfumadas. Luego pidió a su hijo que llamara a Penélope.

Radiante con la noticia del regreso de Ulises, la reina bajó a verlo, pero no quiso aproximarse a él. Volvió a su cuarto y lo esperó allí.

—Voy a ordenar que retiren la cama… comentó ella al verlo entrar.

—¿Cómo? ¡Pero has enloquecido!, exclamó asombrado Ulises, es imposible. Yo mismo la tallé, aprovechando el tronco de un gran olivo que crecía en este mismo lugar. Sin arrancarlo del sitio donde estaba, labré el grueso tronco, dándole forma de columna, y lo transformé en uno de los pies de nuestra cama. A su alrededor construí las paredes del cuarto y después todo el palacio entero. ¿Cómo piensas en retirar la cama de aquí?

Era todo lo que Penélope quería oír, pues eso confirmaba que aquel hombre era realmente su esposo. Se arrojó en sus brazos, cubriéndolo de besos y caricias.

La felicidad finalmente volvía al corazón de Ulises. Habían pasado veinte años; diez de ellos combatiendo en Troya, y los otros diez, intentando regresar a su patria.

Para completar su felicidad, Ulises se reunió con su padre, Laertes, ya muy anciano y enfermo. Lo llevó a palacio a vivir con su familia y sus fieles amigos.

Al final del día, Ulises se encontraba en el patio interior de su palacio, abrazando a Laertes, Penélope y Telémaco. Alzó la vista al cielo y se imaginó el orgullo que Palas Atenea debía estar sintiendo al verlo, por fin, con sus pies bien firmes sobre Ítaca.

¿Quién fue Homero?

Homero fue un poeta griego que vivió hace mucho, pero mucho tiempo: ¡hace cerca de treinta siglos, o tres mil años!

Hay quienes afirman que nunca existió, pues no hay documentos que lo comprueben. En aquellos tiempos era difícil poner una obra por escrito, por ello, las historias eran transmitidas oralmente por cantores populares que iban de población en población. En la Grecia antigua, esas personas se llamaban *aedos*. Es probable que Homero haya sido uno de ellos.

Homero es el autor de *La Ilíada*, que narra la guerra de Troya, y también de *La Odisea*, que cuenta el retorno del héroe Ulises a su patria, la isla de Ítaca, luego de ganar la guerra apoyando a los griegos.

Según la tradición, Homero era un mendigo ciego. A pesar de tantas dudas respecto a su existencia, lo cierto es que *La Ilíada* y *La Odisea* se consideran las obras literarias más antiguas que se conocen.

LAROUSSE

La Odisea

Adaptación al portugués: Leonardo Chianca
Ilustraciones: Cecília Iwashita
Traducción al español: Beatriz Mira Andreu y Mariano Sánchez-Ventura

lectura **cláSica**
A partir de
9 años

En la antigua Grecia existió un valiente guerrero llamado Ulises.
Vivió una historia llena de aventuras, que empezó con la guerra de
Troya y duró veinte años llenos de dificultades, luchas y conquistas.
Al regresar a Ítaca, su tierra natal, también tuvo que luchar
para reconquistarla, y recobrar sus bienes y su palacio.
Finalmente lo consiguió, y pudo vivir feliz con su esposa
Penélope, su hijo Telémaco y su padre Laertes.

ENCUENTRO CON LA LECTURA

Recordando a los personaje

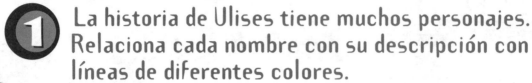

1 La historia de Ulises tiene muchos personajes. Relaciona cada nombre con su descripción con líneas de diferentes colores.

Ulises

Helena

Penélope

Telémaco

Eumeo

Palas Atenea

Menelao

Argos

Antínoo

Agamenón

Perro de caza de Ulises.

Porquerizo y amigo de Ulises.

Diosa de la sabiduría.

Héroe griego, rey de Ítaca.

Marido de Helena y rey de Esparta.

Mujer de Ulises.

La mujer más bella del mundo, casada con Menelao.

El más cruel de los pretendientes de Penélope.

Hermano de Menelao, comandante de los griegos en la conquista de Troya.

Hijo de Ulises.

2 La Odisea habla de dioses, monstruos, hechiceras y ninfas. Lee los nombres de estos personajes, que se encuentran en el recuadro, y escríbelos en el lugar correcto de acuerdo con su clasificación.

Zeus Polifemo Circe Helio Hermes sirenas
Palas Atenea cíclopes Escila Calipso lestrigones

Dioses

Monstruos

Ninfas

Hechiceras

3 Une los puntos y verás a uno de los compañeros más fieles de Ulises. Escribe su nombre en la línea.

3

Los lugares de la historia

1 Busca en la sopa de letras, siete nombres de lugares que se mencionan en la historia.

```
C F R T Y U M H J G D S D G R E C I A Y P Ó K M N B G G B
O L I M P O M N J G H F I V G V T F E S P A R T A L O M I N
D A S E R Q U Í T A C A Y U T I H A C E R T I F I M V I E N I M
I K I O R P A R I S E M I R A D I S G E R I O L O N D R I A S
M A R O I P L M E R O S E F N K L O M A S T R O Y A A G
A D E Í S M A R O E R I T R E A I S L A N D I A S E R D E R
E I P A R A T S O I L I A D A Ñ E L I P E U C E E K P M
E S Q U E R I A T T Y E B W Ñ K D X M B V C D P U S
```

Completa las frases con los nombres que encontraste.

a) _____ es el país de Europa donde Ulises vivió sus aventuras.

b) Los dioses griegos habitaban un monte llamado_____

c) Helena, esposa de Menelao, rey de _____ , fue raptada por un príncipe troyano.

d) _____ , la tierra de Ulises, era una pequeña isla en el mar Jónico.

e) El famoso episodio del caballo de madera aconteció en la ciudad de _____ .

f) Los cicones, habitantes de _____ , eran un pueblo pacífico; huyeron a las montañas cuando los hombres de Ulises invadieron su ciudad.

g) _____ , tierra de los feacios, era una isla gobernada por el rey Alcínoo.

Observa este mapa. Colorea el continente en que se encuentra Grecia y escribe su nombre en la línea.

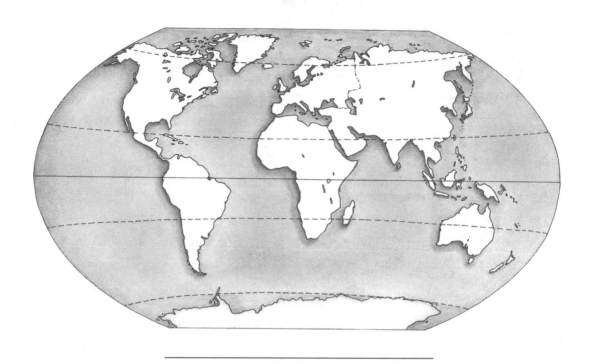

_____

En el siguiente mapa, traza la ruta que Ulises tuvo que recorrer hasta que consiguió regresar a Ítaca.

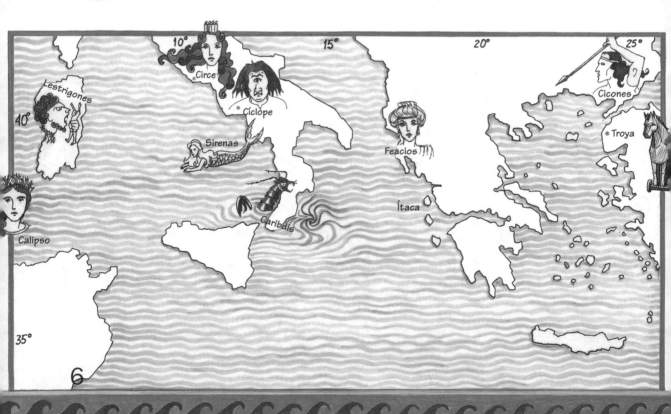

Jugando con palabras y frases

1 Completa las frases con las palabras que se encuentran dentro de la mortaja que Penélope está tejiendo para su suegro Laertes.

PRETENDIENTES
SIRENAS
MENDIGO
MURALLAS
OLIVO

a) Los troyanos, llenos de curiosidad, empujaron el caballo de madera tras las _____ de la ciudad de Troya.

b) Ulises perforó el único ojo del cíclope Polifemo con un tronco de _____ incandescente.

c) Los marineros quedaban encantados cuando oían el canto de las _____ y por eso ellas los devoraban sin remedio.

d) Penélope prometió escoger uno de los _____ y casarse con él cuando terminara de tejer una mortaja para su suegro.

e) La diosa Palas Atenea transformó a Ulises en un _____ para que no fuera reconocido al llegar a Ítaca.

2 Vuelve a escribir las frases y sustituye las palabras resaltadas por los sinónimos que están en los carteles.

robaron

escogieron

inteligencia

caverna

trampa

a) Los griegos **eligieron** a Agamenón como comandante en la guerra contra los troyanos.

_____

_____

b) Gracias a la **astucia** de Ulises, el sitio de Troya terminó en una victoria.

_____

_____

c) Los hombres de Ulises **saquearon** la ciudad de Ísmaro.

_____

_____

d) El cíclope Polifemo habitaba una **cueva**.

_____

_____

e) Circe, la hechicera, preparó una **celada** para los marineros.

_____

_____

3 Relaciona con líneas los sustantivos colectivos con sus componentes.

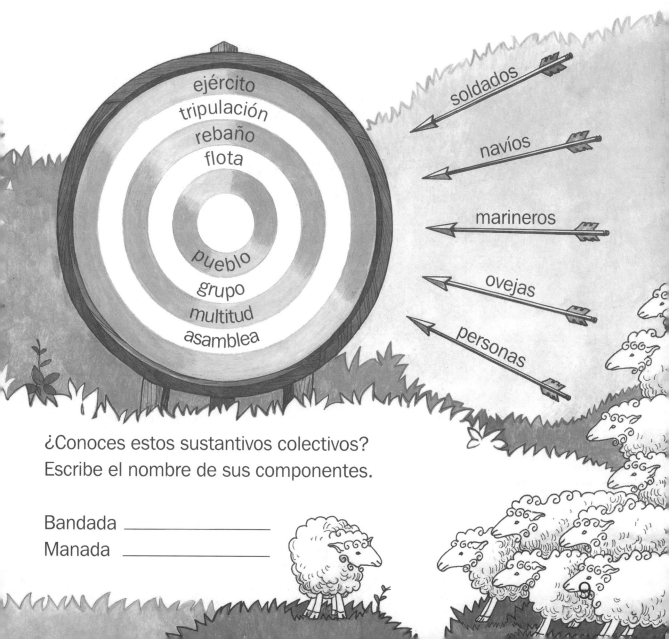

ejército
tripulación
rebaño
flota

pueblo
grupo
multitud
asamblea

soldados

navíos

marineros

ovejas

personas

¿Conoces estos sustantivos colectivos?
Escribe el nombre de sus componentes.

Bandada _____

Manada _____

Para colorear y dibujar

1 Colorea los espacios marcados con un punto (.) y verás una escena decisiva de La Odisea.

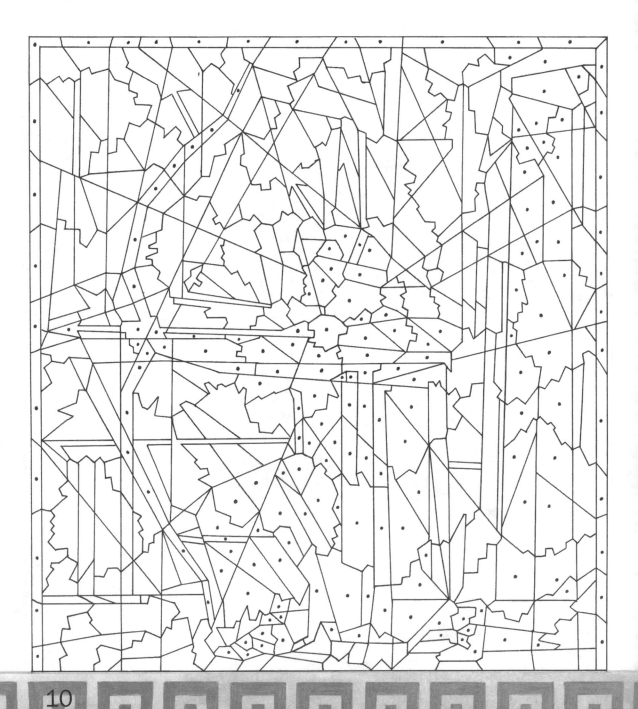

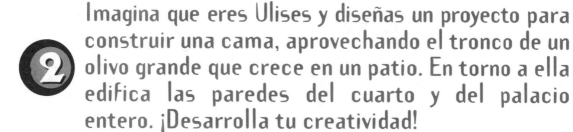

2 Imagina que eres Ulises y diseñas un proyecto para construir una cama, aprovechando el tronco de un olivo grande que crece en un patio. En torno a ella edifica las paredes del cuarto y del palacio entero. ¡Desarrolla tu creatividad!

Para pensar y escribir

1 Seguramente has oído a alguien describir una tarea o una situación difícil como una "odisea". Tras haber leído la historia, ¿podrías explicar por qué?

_____

_____

_____

_____

2 Imagina que eres un soldado griego que luchó en la guerra de Troya y acompañó a Ulises en su viaje de regreso a Ítaca. Escribe una carta a tu familia (madre, padre, hermanos, etcétera) en la que cuentes el episodio del caballo de madera.

Para que te diviertas

1 Acompaña a Ulises de regreso a Ítaca, pasando por todas las aventuras que vivió hasta llegar a su reino.

Observa bien las dos ilustraciones siguientes y encuentra siete detalles diferentes en la segunda. Luego colorea la primera imagen.